진눈깨비 소년 3

진눈깨비 소년

글·그림 쥬드 프라이데이

3

예담

정우진

고1 때까지 파리에 살다가 한국으로 전학 왔다. 학교 선배인 해나를 통해 굳게 닫혀 있던 마음을 열게 됐지만, 파리로 돌아 갈 수밖에 없었다.

송해나

고3 시절 우연히 미술실에서 우진을 만나면서 자신이 원하는 진짜 모습이 어떤 것인지 깨닫게 된다.

황수연

수연의 단짝친구. 툭툭 내뱉는 장난 섞인 말이 대책 없어 보이 지만 의외로 뛰어난 직관력의 소유자.

양철민

황수연의 첫사랑. 어쩌다 보니 '찰스'라고 불린다. 수연의 미술 학원 선생님이었지만 후에 연인이 되었고, 그녀 때문에 크리 스마스에 대한 트라우마가 생겼다.

차 례

끊임없이 끊임없이 008

멋진 밤이네 040

나를 잃어버려서 058

모두 불안해요 084

우리에게 주어진 선택지 106

누군가를 진심으로 알고 싶다면 138

진심으로 진심으로 166

대화의 성 194

아직 좋아한다고 224

우린 또 이야기를 나누었다 250

어떤 다짐 266

그래도 사랑해 292

진눈깨비가…
내린다…

25

끊임없이 끊임없이

맛있게 잘 먹었어.

스윽

오믈렛과 커피라니…
미묘하게 어울린단
말이지.

아,
저쪽에는 먼저 간다고
좀 전해줘.

?

응? 안 보고 그냥 가는 거야?

일부러 약속도 이쪽으로 잡은 것 같은데.

응. 오늘은 남은 일도 좀 있고…

또, 저쪽도 언제 끝날지 모르니까. 간다.

탁

그런 독자들 반응은 어떻게 생각하세요?

뭐야? 가는 거야?

네? 어디를 가…요?

죄송하지만 제가 잠시…

역시… 아무렇지 않게
대하는 건 무리인가?

하긴, 헤어져 있던 시간 동안
한 시간에 한 걸음씩만
걸었어도…

우린 아마 지구 반대편쯤에 서 있을지도 모른다.

그렇게 생각하지 않았는데,

춥네.

그렇게 생각하지 않았는데,
갑자기 멀어진 기분이다.

오늘은 무슨 이야기가
나왔나요?

홍보팀에서는
별말 없던가요?

조금 다른 시각으로 보자면
그는 무척 집요했다.

깜짝이야!

어떻게 알았어요?
팟캐스트 광고 문제랑
이벤트 당첨자
경품 건이랑…
배송할 건지, 아니면…
공연 당일에 줄 건지,
또 뭐가 있더라…

'집요하다'라는 어휘의 느낌보다,
훨씬 더 집요했다.

아니, 지금 우리가 티켓 디자인
어워드에 참가하는 건가요?

우진이 입원하기 전,
그는 티켓 디자인을 열 번도 넘게 수정했다.

으아,
중요한 것도 아닌데,
적당히 좀 합시다!

이게
몇 번째입니까!
올림픽 티켓도
이렇게는
안 할 겁니다!

이건 중요한
겁니다. 인지도가
부족한 페스티벌의
포스터와 티켓은 공연
레벨을 미리 보여주는
역할을 합니다.

그 공연이 어떤 성격을
가지고 있는지,
얼마나 큰 규모인지,

어떤 수준을 가졌는지,
사람들은 포스터와 티켓,
홈페이지를 보고
가늠할 겁니다.

물론이죠. 누가 결정해도 책임은 제가 집니다.

다수결이 늘 최고의 선택이 아니라는 건 여러분이 더 잘 아시리라 생각합니다.

이 티켓과 포스터로 단 한 명이라도 더 많은 사람을 공연에 오게 하는 것이 '우리의 목표'입니다.

고생스럽겠지만 조금 더 부탁합니다.

뭐… 그렇게까지 말씀하시면…

홈페이지, 포스터, 홍보 영상, 티켓, 심지어 관련 스티커까지…

제가 보기에 이 폰트는 가독성이 좀 떨어지는 것 같은데, 고딕 계열로 바꿔보는 게 어떨까요?

이쪽이 더 예쁜데…

우진은 어느 것 하나 소홀히 하지 않고, 확실하게 담당자를 괴롭혔다.

아니, 괴롭히는 것처럼 보였다.

이것 좀 드시고 하시죠.

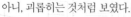

죄송해요. 야근까지 하시게 해서…

제 일인데요, 뭘.

정우진은 일에 대한
가치를 설명했고,

사람들은 그 이유에서 자신의
가치를 발견했다.

아…
혼자 고민하면 뭐하나.
가서 물어보자.

사람은 누구나 의미 있는 일을
하고 싶어 한다.

그래서 가치 있는 사람이
되고 싶어 한다.

가치 있는 사람…
의미 있는 일…

물론이다.
나도 그런 일을 하고 싶고,
그런 사람이 되고 싶다.

하지만 서울의 밤하늘과 불빛을 볼 때면,
어쩐지 내가 바라는 그런 모습과
점점 멀어지기만 하는 기분이 든다.

아, 그러고 보니…
전화도 안 하고 왔네?

설마 벌써 잠든 건
아니겠지?

실례합니다아~

그래도 간신히 잠든 것 같으니 좀 쉬게 자리 좀 비켜줄까요?

아… 네.

뚫어져라…

아하하…
왜 그렇게 보시나요?

혹시…
송…해나 선배님?

네?! 맞아요.
저희 동문인가요?
중학교? 고등학교?

하하하,
아뇨.

제가 워낙 우진이랑
각별한 관계라,
히스토리를 좀 쥐고 있죠.

오호호

히스토리요?

저에 대한
어떤 흑역사를…

아까, 늘 저런 식이라는 건… 늘 저렇게 잔다는 건가요?

네. 그래도 지금은 많이 좋아진 거예요.

우리 우진이가 회사에서 좀 별스럽죠?

별…스럽다라기보다는… 뭐랄까… 집요하달까요? 하지만 그걸 좋게 보는 사람도 있고…

우리… 우진이…

학교 다닐 때부터 우울증이 좀 있었어요.

심할 때는 약물치료도 받았고요.

하는 일에 집착하고, 자신의 의지대로 되지 않으면 몹시 불안해져서 잠도 못 자고 그래요.

우울증? 정우진이?

신경이 늘 곤두서 있고 이유 없이 불안을 느끼니까, 당연히 마음 편히 쉬지를 못하죠.

혹시… 왜… 그런지도 아시나요?

가족을 사랑한 우진에게는
말할 수 없는 고통이었을지도
모르죠.

엎친 데 덮친 격으로
유일하게 가깝던
친구마저 사고로 죽어…

그야말로 멘붕.
마치 모든 걸 잃어버린
표정이었어요.

……

모르는 사람에게는
지금의 우진도 유별나고
이해하기 힘든 성격일지
모르지만…

사실은 그마저도,
끊임없이, 끊임없이 자신과
싸우고 있는 거예요.

어두운 구렁텅이로 빠지지 않기 위해,
끊임없이, 끊임없이…

1999년, 파리
설마 계속 함께 살 생각은 아니지?
이제 와서 무슨 소리야?
이미 끝난 이야기잖아. 어쩌라고!
아니, 저렇게 계속 사고만 치면 환경을 바꿔줘야지.
사실은 미국에 가고 싶은 거 아냐?
안 돼. 애 아빠도 혼자가 아니란 말이야.

너도 나랑 같이 사는 게
싫은 건 마찬가지잖아?

누가 누구를 방해하고 있는지
생각해보자고.

누가 '방해꾼'인지.

나도 싫다고.
방해꾼따위…

진!

뀍

뭘 혼자 구시렁거리면서
걷는 거야.

보기 흉해.
유령이랑
이야기하는 거
같잖아.

알렉스…

파리로는
언제 돌아온 거야?

괜찮아요?
꿈꿨어요?

송 대리님!

상의할 게 있어서
왔는데,

너무 곤히
자고 있어서 그냥 가려던
참이었어요.

아, 깨우지 그랬어요.
많이 기다렸어요?

아뇨,
사실은 우진 씨 애인?
만나서 이야기 나눴어요.

아닙니다! 애인!

아… 아닌가요?
보호자라고 해서…

재활 치료는 어때요?
많이 힘들죠?

괜찮아요.
운동하는 건데요, 뭐.

저보다
송 대리님이 힘드시죠.
갑자기 이렇게 돼서…

아, 맞다.
병원에서 지루할까 봐
산 건데… 취향에 맞을지
모르겠네요.

맥…심…이네요?
고마워요. 하하…

아하하

아, 아시는구나.
유명한 잡지인가
봐요.

추천해준 점원 말로는
힐링 잡지라던데,
어떤 잡지예요?
그런 잡지는 처음이라…

하긴 힐링 잡지라는 게
있다면 이게…

힐링 잡지요?
누가 그러던가요?

풉

잉?
아닌가요?

아무래도 이상했어.
이리 줘봐요.

훅

아아…
줬다 뺏는 게
어딨어요?

흐음…

촤악

우왓!
뭐야, 이게.

이런 걸 보면 마음이
정화되고 어지러운 기분이
평온해지나요?

정말 몰랐어요? 하하하. 선배 은근히 웃겨요.

하하… 아, 배야…

그렇다고 뭐… 배를 잡고 웃을 정도는 아니지요…

칫.

정말 오랜만에 웃는 것 같네요.

그런데… 이거 주려고 온 거예요?

아뇨, 오늘 회의에서 나온 안건이 있는데 우진 씨랑 상의해야 할 것 같아서요.

그러니까, 이건 어떻게… 저건… 그리고 그건…

아, 이건… 이렇게, 저건… 저렇게, 그건… 그렇게 하는 게 어떨까요?

우진 씨, 미안하지만 그런… 진지한 얼굴로 농담하지 말아줄래요?

036

가벼운 그녀의 목소리가 그날 밤따라
조금은 무겁게 어깨를 눌렀다.

26

멋진 밤이네

더 이상 수연을 기다리지 않기로 한 뒤,

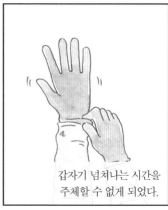
갑자기 넘쳐나는 시간을
주체할 수 없게 되었다.

회사는 계속 다니기로 했다.
어찌 됐든 생활은 해야 하니까.

퇴근 후에는 흥미가 있었던
유리컵을 만들기 시작했다.

장점은 아주 싸다는 거고,
단점은… 너무 싸다는 거죠.

딱이네요.

미술 학원 강사를 하며 모아두었던 돈에
월급을 보태 작업실을 구했다.

낮에는 회사에서 일을 하고

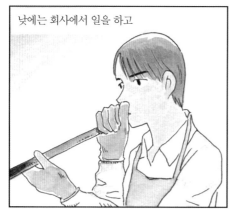

밤에는 손수 작업실을 꾸몄다.

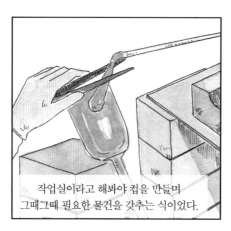

작업실이라고 해봐야 컵을 만들며
그때그때 필요한 물건을 갖추는 식이었다.

손이 바빠지니 잡생각이 사라졌다.

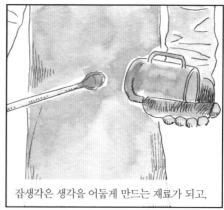

잡생각은 생각을 어둡게 만드는 재료가 되고,

042

어두운 생각은 영혼을 끝없는 바닥으로 끌어당긴다.

차르르

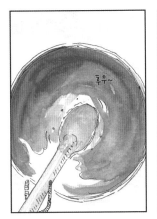

후우~

대학 강의에 들어온 노교수는 '아마도 돈이 되지는 않겠지만,

배워두면 의외로 도움이 될지도 몰라'라고 말했다.

살다 보면 이런 식으로 무언가를 하는 과정 자체가 의미 있을 때가 있다.

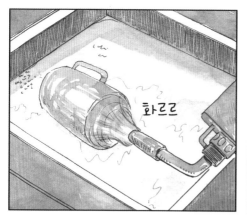

화르르

시간은 착실하게 흘러주었다.

쓸모없어 보이던 나의 밤이,

피슈

털썩

나의 시간이, 어떤 형태가 되어가는 과정이 좋았다.

뭐야, 멋진 밤이네.

선생님!

뚝뚝

아직도 작업 중?
내일 출근 안 해요?

끼익

물론 출근하지.
너야말로 이 시간에
왜 밖이야.

애들은 잘 시간인데.

어머나,
숙녀에게 실례네요.
지금 막 근처에서
엄청난 데이트를 마치고
돌아가던 길이죠.

엄청난 데이트라니
엄청 축하할 일이기는 한데…
여기까지 와서 데이트를
마칠 필요는 없잖아?

제 말이요!

아, 따뜻한 커피 한잔
마시면 딱 좋겠다!

부모님이
걱정 안 하셔?
한 시야, 한 시.

몰랐는데
선생님은 앞치마가
어울리네요?

이게 또 딴청이야.
전화는 했어?

선생님은 되게 애틋한
첫사랑을 했을 것 같아요.
혹시 아직도 못 잊었나?

요 맹랑한 꼬맹이를
다시 만난 건
몇 개월 전이다.

쪼로록

좀 치워야겠다.
언제 이렇게 늘었지?

음… 비싼가?

3,000 원

이건 얼마인가요?

여기 있는 건
모두 3,000원입니다…만?

헤원이?!

양 선생님?!
우와! 우와!

와~ 많이 컸네.
징그럽다.

이야~ 상대를 배려한
부드러운 말투는 여전하시네요

선생님은
그때도 엄청 늙어 보였는데
지금도 똑같이 늙어 보이네요!

노안이 좋은 점도 있나 봐요.

후우우~

먼저 유리를 녹인 다음···

오오, 예뻐! 예뻐!

파지지~

후~ 후~

오오~ 풍선 같아요.

그런데 왜 '찰스' 유리 공방이죠?

별명이 찰스니까?

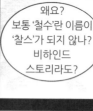

왜요?
보통 '철수'란 이름이
'찰스'가 되지 않나?
비하인드
스토리라도?

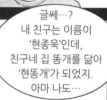

글쎄···?
내 친구는 이름이
'현종욱'인데,
친구네 집 똥개를 닮아
'현똥개'가 되었지.
아마 나도···

?

전 예쁜 걸 좋아해요.
내가 안 예뻐서 그런가?

왠지 내 대답이
구차해진 기분인데?
불쾌하니 오늘 수업은
여기까지.

싸아~

우산 있어?

있어도 없어요.

무슨 소리야,
그게.

밤길은 위험하잖아요.
게다가 비가 이렇게
내리는데!

아, 그런데 왜 낮에는
문을 안 열어요?

그야…
낮에는 회사에 다니니까.

오오~!
투잡! 투잡!
역시 능력자!

녀석이 암에 걸린 적이
있어서일까, 아니면
나와 비슷한 생각을 해서일까,

그것도 아니면 쏟아지는 비에 목소리가 젖어서일까.

키는
화분 밑에 있어.

알아요.
사실은 낮에 몰래
들어갔었어요.

가벼운 그녀의 목소리가 그날 밤따라
조금은 무겁게 어깨를 눌렀다.

뭐야?

아차차!
농담이에요,
농담!

그리고 어쩐지 신경 쓸 일이
생긴 것 같아 덜컥 겁부터 났다.

마음이란…
참 이상해요.

27

나를 잃어버려서

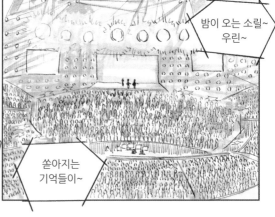

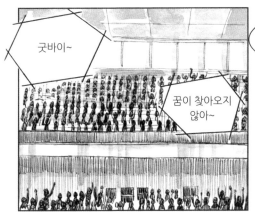

애리는 그런 종류의
사람이었다.

앙~   앙.

평소에는 지금 모습을 눈치채지 못할 정도로
평범한 사람이지만

자신의 일을 시작하는 순간,
가면이 떨어져나간다.

그리고 그녀의 존재가,
진짜 그녀의 모습이 드러난다.

"이게 나야."

"바로 이게 나야."

며칠 동안 변비로 고생하다가
승리한 기분?

비슷한 것 같은데…
뭔가 비참한 표현!

전 본 것 같은데요?

송 대리님이 폭발하는 모습.

네?

대리님이 아주 뜨거운 에너지를
쏟아내는 모습을,
본 기억이 나요.

……

그때…인가…

그 시간이 이어졌으면,
난 어떤 모습이 되었을까?

♪♫♪

아주 멋진 모습이었어요.

누구라도 반할 만큼.

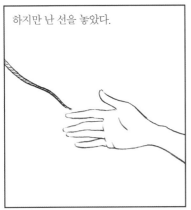

하지만 난 선을 놓았다.

합격입니다.

그게 지금의 나.

그 후로는 줄곧 내 안에
내가 없었던 기분…

어째서, 어째서 이제 와서,
이런 생각이 드는 걸까…

첫 번째 '윈터 페스티벌'에 오신 여러분, 환영합니다!!!

오늘 마지막 곡은 '디셈버 레인'의 신곡입니다.

학교 다닐 때 친구가 발표한 시로 노래를 만들었어요.

어느 날 소년이 된 우리 조금쯤 성장했다고 생각했는데

어쩐지 모든 게 전보다 복잡해졌고,

지금은 그때에 비하면 성인이라고 불러도 좋을 나이인데, 어째서 여전히 길을 헤매고 있는 걸까요.

저만 그럴 걸까요?

아니면 모두 그런 걸까요?

소년이 된 나는 어제보다 어지러워.

눈도 비도 아닌
마치 소년이 된 나처럼

진눈깨비가 내려.

사랑할 수도,
하지 않을 수도 없는 나처럼~

우린 쌓이지 못하고
사라질 거야.

닿기도 전에
녹아버릴 거야.

소년이 된 난 어제보다 어지러워~

사랑이 영원하지 않다는 걸 알게 된 난~

오늘을 감당하기 어려워.

어지럽게 쏟아지는 진눈깨비처럼~

셀 수 없이 아파~

이렇게 어른이 되기는 너무 멀어.

잘해왔다고 생각했다.

그렇기 때문에,
여기저기서
금이 가는 소리가 들려도
무시했는지도…

유학?
무슨 소리야,
그게?

힘들 거라고 생각했는데,
운이 좋았어.

그래서,
간다고?

좋은 학교라
회사에서 학비는
지원해주기로
했어.

뭐…
돌아오면 몇 년간은
노예처럼
일해야 하지만.

그래서… 그렇게
바빴던 거야?
학교 준비하느라? 말해줘도
됐잖아?

열심히 준비했는데
떨어지면 창피하잖아.

아, 그래서 말 안 했어? 창피해서?

장난해?

그러니까 붙을지 어떨지 몰랐다니까.

언제 가는데? 얼마나?

크리스마스는 보내고 가야지. 2년 정도겠지?

멋지네, 정말… 그냥 가지 그랬어. 말하지 말고.

응?

축하해. 그런데 축하 파티는 나중에 해야겠네. 오늘은 좀 피곤해.

아, 그래.

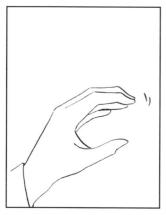

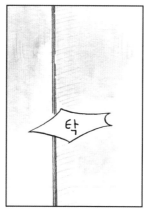

탁

화났어?

미리 말… 안 한 건 미안한데,

정말 몰랐다니까.

이해할 수 있잖아?

해나야, 얘기 좀 해.

문 좀 열어봐.

알았다니까!

알았으니까,

……

가라고!

처음에는 그에게 화가 난 거라고 생각했다.

내 생각은 조금도 해주지 않는 그가,

날 아끼지 않는 그가, 원망스러웠다.

그런데 지금 이 순간이 돼서야,

툭
툭

이 노래를 듣고서야,
난 나에게…

실은 나 자신에게
화가 났다는 사실을 깨달았다.

말을 안 한 건 나니까.

대리님?

왜 내게 좀 더 신경 쓰지 않냐고.

난 아무것도 묻지 않았다.

겁이 났던 걸까?

너무 바보 같아서,
한심해서, 화가 났다.

그가 떠나서 화가 난 게 아니라,

나를 잃어버려서…

무심코 뒤를 돌아본 순간,

길을 잃었다는 걸 알게 돼서…

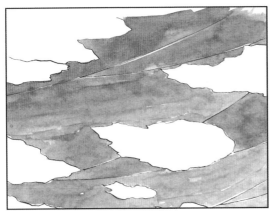

괜찮아요?

아… 왜 이러지?

눈에 뭐가 들어갔나 봐요.

그런데 애리 씨 노래가 정말 좋네요.

나중에 사인이라도 받아놔야겠어요.

우진 씨가 받아주면 되겠네요.

대체 무슨 일이에요?

미안해요.

히잉~

왜 이렇게까지 무너지는 거야.

자, 일어나요.

왜 아무것도 없는데 넘어지고 그래요?

제 발에 걸려

넘어졌어요.

웃으면 안 되는 거죠?

무릎… 많이 아파요?

아뇨, 웃고 싶으면 웃어도 돼요.

꽤 웃겼던 거 아니까…

송 대리님도 울고 싶으면 울어요.

네?

이왕이면 더 크게 울어요.
참지 말고.

다 큰 어른이
펑펑 울면
청승맞아 보이니까
그만둘래요.

눈물이 나는 건 다 울 필요가
있기 때문이래요.

네?

감기에 걸리면 온몸에 열이
나잖아요? 뜨겁게.

그건 감기 균이 열에 약하기
때문이에요. 몸에서 바이러스를
몰아내기 위해 뜨거워지는 거죠.

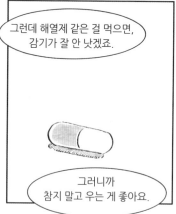

그런데 해열제 같은 걸 먹으면,
감기가 잘 안 낫겠죠.

그러니까
참지 말고 우는 게 좋아요.

눈물이 나는 것도
울고 싶은 것도

아픈 기억을 몸 밖으로
밀어내려는 거니까…

눈물을 참으면
상처가 아물지 않고,

그래서 기억날 때마다
아프죠.

실컷 울고 나면
무거웠던 고민도
조금은 가벼워 보이고,

다시 걸을 힘도 생겨요.

속는 셈치고
믿어봐요.

게다가 이건,
경험담이니까요.

?!

우진이 자신의 경험담이라고 말한 순간,
다시 울음이 터져 나왔다.

우진도 이렇게 울었을까?

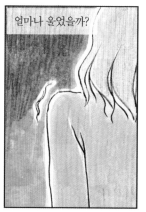

얼마나 울었을까?

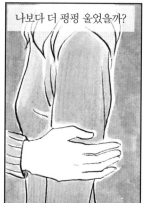

나보다 더 펑펑 울었을까?

저…
송해나 대리님을
찾고 있는데요.

멈칫

휙

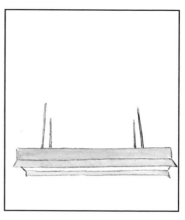

실컷 울었어요?

마음이란…
참 이상해요.

상대방이 왜 그런지
딱히 이유도 모르면서

누가 환하게 웃고 있으면
저도 모르게 기분이 좋아지고,

화를 내면
같이 화가 나고…

또 누가 울면…

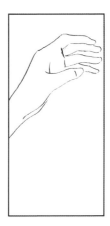

같이 슬퍼지거든요.

스윽~

이유도 모르면서…

우리 모두가 불안해요.
자기가 정한 길을 간다고 해도
불안한 건 마찬가지예요.

28

모두 불안해요

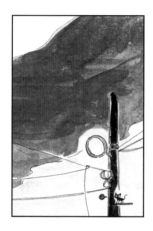

응?

아, 진짜…
내 커피는 맨날
누가 다 마시는 거야?!

누구긴 누구야.
나지.

업로드가 완료되었습니다.

↑

오케이!
마감 완료!

역시 마감의 여신!

프로는 온 타임이지!
암!

흐음.

크리스마스네.

뭐 하고 있으려나…
전화…해볼까?

역시 좀 그런가…

아~ 몰라, 몰라.
도전!

cc~

여보세요?!

쿵쾅!
쿵쾅!

쿵쾅!

어… 어디야?
클럽?
안 어울리게!!!

그럴 리가 없잖아.
오늘 회사 행사 있어서
지원 나온 거야.
웬일이야?

아, 그렇구나.
아니…
내일 약속 없으면

밥이나… 먹을까
하고.

밥?
갑자기 왜?

아…
사실 돌려줄 것도 있고.

공교롭게도
크리스마스네,
내일은.

왜? 바빠?

아니, 바쁜 건 없는데
크리스마스에
안 좋은 기억이 있어서
외출을 삼가는 편이라.

그런 일이 있었어?
무슨…
설마, 내가 그만 만나자고
문자 보낸 거…
그거 말하는 거야?!

그걸, 이제 와서 비꼬는 거야?
누가 계속 거짓말하래?
매주 다음 주에는 온다,
다음 주에는 또 다음 주!

거짓말이 아니라…
그건 내가
어떻게 할 수 있는
상황이 아니었잖아.

아무튼 그렇게 따지면
내 20대는 매일
안 좋은 기억뿐이거든?!

하하, 알았어.
점심 먹자.
거기서 보지, 뭐.

알았어. 12시
거기서.
끊어.

갑자기 왜…냐니…

당황하잖아.
멍청아.

그나저나 뭘 돌려준담…

돌려준다는 게 뭐야?

아, 그건…
바로…

나야.
날 돌려주려고.

그 말을 얼마나 기다렸는지
몰라.

이자는
키스로 받겠어.

어쩌지? 이자가 많이
밀렸을 텐데?

분할상환도 가능해.

아냐, 지금 다 갚을래.
한꺼번에.

몽실

몽실

질식시킬
셈이야?

말이 많아.

몽실

몽실

몽실

우후후후후~
역시 난 소설가야.

천직이라니까.

누가 말했나~
그런 멋진 말~

아, 애리 씨!

아직 계셨어요?
공연 정말 잘 봤어요.

고마워요, 해나 씨.

지금까지 제가 서본 무대 중
가장 큰 곳이거든요.
이 감흥을 좀 기억해두려고요.

정말 멋진 무대였어요.
애리 씨라면 분명 더 큰 무대에
서게 될 거예요.

뭐…
그럼 더 좋겠지만,

좀 작더라도 계속 설 수 있는
무대라면 그것도 괜찮아요.

부러워요. 애리 씨는…
하고 싶은 일, 계속할 수 있는
일을 하고 있잖아요.

어머나?
그렇게 큰 기업의
정규직으로 일하면서
저 같은 딴따라를
부러워하면 쓰나요?

정규직이라고
정년을 보장받는 것도 아니고,
결국은 누군가 시키는
일을 하는 거니까요.

시간이 되면, 비효율적이라고 판단되면,
혹은 쓸모없게 되면, 좀 큰 실수라도 하면…

결국 짐 싸서 나가야죠.

제 자리는 아마
제가 떠나기도 전에 채워질 테고,

제가 아닌 누구라도
상관없는 일을 하는 건 아닌가
하는 생각이 들어요.

이런 고민을 해도 안 해도
월급에는 별 차이가 없고

계약직에 비하면
그래도 나은 거 아닌가
하는 마음이

와~ 추석 선물?
내 건?

이건 계약직용.
정규직은 통장으로.

어쩌면 함정일지도 모르죠.

아…

이대로 괜찮은 건가,
불안해요.

정말로 여긴 어딘가,
난 누군가, 뭐 이런 느낌?

두리번 두리번

그래서 애리 씨나 우진 씨처럼
자신의 길을 걷고 있는 사람을
보면 부러워요.

사춘기네,
해나 씨.

하하. 역시 그런가요.
오늘 애리 씨 노래를 듣고
울어버렸지 뭐예요.

모두 불안해요.

네?

우리 모두가 불안해요.
자기가 정한 길을 간다고 해도
불안한 건 마찬가지예요.
덤으로 외롭기까지 하죠.

야! 그쪽
아니야!

내버려둬. 쟨
딴따라잖아.

그래도 피하지 않아요.

있는 그대로 받아들여야,
앞으로 나아갈 수 있으니까.

제가 보기에는
해나 씨도 금방 찾을 것
같은데요?

어쩐지 멋진 라이벌을
만난 것 같아
두근두근하네요.

라이벌…인가요?

같이 한잔하러 가요.
원래는 우진이랑
데이트가 있지만 끼워줄게요.
크리스마스니까!

멍칫

멋대로 정하지 마.
송 대리님
피곤하실 텐데.

가요. 가요.
해나 씨가 가야,
저 인간도 군소리 없이
따라올 테니까.

저
인간이라니!

쌩~

애리에게 이끌려, 우리는 한참 동안 한강 너머의 풍경을 바라봤다.

어쩐지 그날은 조금 낯설게 보였다.

모두가 불안하다는
그녀의 말이 위로가 되었다.

따뜻한 술이
좋겠는데요?

그리고 불안을 순수하게
받아들일 때 앞으로
나아갈 수 있다는,

곧 뜨끈뜨끈한
술을 실은 보트가
이쪽으로
올 거예요.

그녀의 말은 자극이 되었다.

어묵탕도
있을까?

그녀의 노래가
용기가 되었다.

핫핫핫!
물론이지.
크리스마스
인걸!

메리 크리스마스.

사람은 사람에게
영향을 준다.

메리 크리스마스.

어서 오세요.
콘서트는 어땠어요?

응, 뭐… 그냥.

보러 오지
그랬어.

전 시끄러운 데
별로 안 좋아해요.
헤헤.

커피 드릴까요?

아, 내가 할게.

쪼로록~

뭐랄까, 기분 좋게
조용한 크리스마스이브네요.

아, 맞다.

중요한 걸
잊을 뻔했네요.

응?

메리 크리스마스!

너도 메리 크리스마스.

피식

탁 탁 탁

멈칫

아...

메리 크리스마스 정도는 말하고 끊을 걸 그랬네.

탁 탁 탁

메리~ 크리스마스~ 마스~ 마스~

탁 탁 탁

메리 크리스마스.

벌써 왔어?
많이 기다렸어?

아니,
다섯 시간밖에
안 기다렸어.

무슨 책이야?

크리스마스 트라우마
해소법.

그만 좀 하지?

오래 기억하는 게
다 좋은 건 아니네.

뭐 시켰어?

오면 시키려고
했지.

여긴 고를 게
참 없어.

그렇지도 않아.
선택지가 꽤
늘었어.

그래?
뭐가 있는데?

햄 오므라이스, 새우 오므라이스, 햄새우 오므라이스.

와, 정말 엄청 다양하네. 그게 고민돼서 일찍 온 거야? 심사숙고하려고?

아, 이거 찰스가 우리 집에 두고 간 책이야. 내가 찰스한테 빌린 책.

고마워. 네 건 택배로 보냈어.

응?

들고 오긴 너무 무거워서. 들고 가기도 무거울 테고.

그래, 고마워.

이번 소설 드라마 판권은 혹시 이야기 오가는 거 있어?

이야기만. 확정은 아니고. 왜? 관심 있어?

응. 뭐… 나만 좋다고 결정되는 건 아니지만.

알아, 그 정도는.
저번 것도 그랬어.

잘됐으면 좋겠네.

응, 잘됐으면 좋겠네.

식사를 마치고 나와 우리는 잠시 걸었다.
찰스는 조금도 변한 것 같지 않았다.

적당히 가벼운 말투도,
시큰둥한 웃음도.

재미있는 건,
예전 그대로의 모습에서,

그가 더 이상 우리 사이에 아무런 기대를 하지 않는다는 느낌을 받았다는 것이다.

난 출판사에 볼일이 있어서… 먼저 좀 가볼게.

아, 그래? 책 고마워.

아냐, 진작 돌려줬어야 하는 건데.

찰스, 혹시 만나는 사람 있어?

아니, 왜?

아님 말고. 갈게, 그럼.

그럼, 조심히 가.

거짓말.

뭐 해? 추운데?

청소하고 맛있는 거
얻어먹으려고요.

크리스마스인데
친구들 안 만나?

아!
친구들도 부를까요?

아니!

만약 당신이 어떤 이유로
누군가를 사랑하게 된다면,
바로 그 이유 때문에 헤어질지도 모른다.

29

우리에게 주어진 선택지

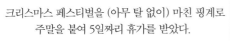
크리스마스 페스티벌을 (아무 탈 없이) 마친 핑계로
주말을 붙여 5일짜리 휴가를 받았다.

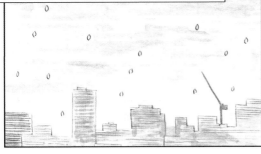

긴장이 풀려서인지
첫날은 몸살이 나서 잠만 잤다.

아우우우우~

낮에 잠들었는데,
다시 낮이로구나!

(전) 남친은 미국으로 떠났다.

마지막으로 만났을 때도, 많은 대화를 나누지는 못했다.

헤어지자는 건
아니었어.

나를 설득시킬 이유를
찾지 못했거나,

같이 가자는 것도
아니잖아?

자신을 정당화할 이유를
찾지 못해서.

둘 다거나.

우리는 원래 말이 많은 사이가 아니었다.

가기 전에 한 번 더
만날 수 있을까?

애쓸 거 없어.

해나야!

드륵

처음에는 그게 좋았다.

촤악~

긴 정적에도 어색해지지 않아 좋았다.

또 눈이네…

아무 말 없이도,

무언가 연결돼 있는 기분이

좋아서.

틱 틱

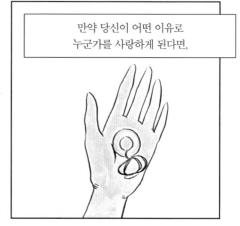

만약 당신이 어떤 이유로
누군가를 사랑하게 된다면,

이거 나 주는 거야?
설마 자랑하려고
가져온 건 아니지?

너 주는 거야.
좋아하는 사람 주려고
만든 거니까.

바로 그 이유 때문에 헤어질지도 모른다.

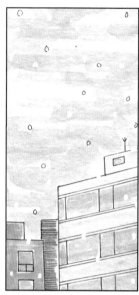

탁탁탁탁~ 탁~

무슨 일 있어?

먼저 말해.
들어줄게.

내가 먼저 물어봤거든?
게다가 내 건 좋은 소식도 아냐.

내 이야기가 더 웃기니까
나중에 들어. 실망시키지
않을 테니까!

나 헤어졌어. 유학 간대.

뭐야, 좋은 소식이잖아.

뭐야?!

찰스가 내 물건 보내왔어.

응? 보내와?

택배로.

설마… 택배로?

벌떡

품

실망하지 않을 거라고 했지?

만나는 사람 있대?

아니, 그런데… 있는 것 같아.

거짓말할 사람은 아니잖아?

타임 오버야.

타임 오버?

시간이 지나면
아무리 동전을 넣어도
소용없어.

이어가기에는
이미 늦은 거지.

타임 오버…
그런 게 있었네.

연인 관계에도 시간제한이 있는 걸까.

그럼 맛있는 거나 먹자!

양념 갈비!

어째서 너도나도
양념 갈비냐…

아~ 송 대리,
휴가 중에 전화해서
정말 미안.

안녕하세요,
팀장님…

갑작스럽지만,
일본에 좀 다녀와줄 수 있어?

출장이요?
무슨 일로요?

지금 사업팀이
드라마 판권 문제로
일본에 있는데 생각보다 판이
커져서 우리 쪽에
지원 요청이 왔어.

해나 씨 일본어 되잖아.
가서 계약 검토하고
가능하면 MOU 정도는
받아 왔으면 해서.

네, 가야죠.

싫어
싫어
싫어
싫어
싫어

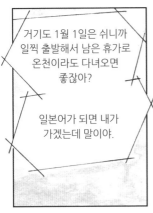

거기도 1월 1일은 쉬니까
일찍 출발해서 남은 휴가로
온천이라도 다녀오면
좋잖아?

일본어가 되면 내가
가겠는데 말이야.

온천!

바로
출발합니다!

벌떡!

그런데 사업팀이면
양 팀장님이 가신
건가요?

양 팀장이 갔으면
본인이 알아서 다 처리하고
왔겠지. 나한테 부탁했겠어?

정우진 씨가 갔는데
그쪽은 아직
계약 관련해서는
잘 모르니까.

아… 그렇겠네요.
그럼, 가서
연락드릴게요.

출장?
새해 벽두부터?

그러게…

113

정우진이랑?

어째서!

사업팀에서 찰스가
간 게 아닌데
네 표정이 미묘하게 바뀐다면
정우진밖에 더 있어?

너 이럴 때 보면
좀 무서워.

내가 이래 봬도
인기 소설가거든.
후훗.

너 그게 함정일 수도 있어.

뭐래.
아… 좋네.
우중충하고.

처음부터 시작하면
되는 거 아닌가?
정말 타임 오버라면?

뭐야, 갑자기
진지해져서는.

물론 아직 주머니에 동전이
남아 있어야겠지만.

겨우 두 시간짜리 비행이지만
짐을 싸고 공항으로 가는 동안,

수속을 마치고 이륙을 기다리는 동안,

아… 네, 팀장님.
지금 공항에
도착했어요.

아뇨,
우진 씨한테는
아직 연락
못 했고요.

네,
일단 호텔 체크인하고
저녁 때쯤 만나서…
진행 상황
듣는 걸로…

네, 메일 드릴게요.
네.

활주로를 타고 올라 귀여우리만큼 작아지는
건물들을 보는 동안,

구름 사이로 펼쳐진 끝없는 대기를 보는 동안,
후 하고 큰 숨을 몰아쉰 동안,
잠시나마 기분 전환이 되었다.

이런 기분으로 설레는 것이
조금은 촌스럽게 느껴졌다.

아, 힘들어.
일본에 걸어온 것
같네!

벌렁

처음에는 호텔에 짐을 풀고
우진에게 바로 연락할까 생각했지만…

다른 약속이 있는데
방해가 되지 않을까 싶어
메일을 보내놓고 연락을 기다리기로 했다.

으…
얼어 죽겠네.

사실은 호텔을 어슬렁대다가 우연을 가장해
마주치면 어떨까 하는 계획(?)도 있었으나,
불행히도 호텔이 어마무지하게 컸다.

잠시 호텔 주변을 둘러본 뒤,
전철을 타고 교환학생으로 머물렀던
도쿄대학으로 향했다.

학교에 들어오는 길은 분명 겨울이었는데,
교정 안은 녹음이 짙어 마치 다른 세계처럼 느껴졌다.

가끔 가는 구름 사이로 해가 나와
그런 기분이 들었는지도 모른다.

아무튼 변덕스러운 날씨였다.

핑계를 대자면 그런 날씨 탓에
자꾸 지난 기억이 떠올랐다.

기억을 돌이켜보면 단편적인 순간이지만,
사실 이 순간들은 시계 속의 톱니바퀴처럼
모두 현재와 연결되어 있다.

그래서 어디서부터 시작하든
그건 기억의 시작이 아니라…

저녁은 역시
초밥이 좋겠다.

......

기억의 시작이 아니라
중간의 어느 지점일 수밖에 없다.

안전하게 공예과에
지원하도록 하자.
일단은 붙고 봐야지.

화실 원장님하고도
그렇게 하기로
이야기해뒀다.

아슬아슬하기는 하지만
그래도 호미대 원서는
쓸 수 있겠다.

용케 점수를 올렸네.

공예과…
전 손재주가 별로 없어서…
흥미도 없고요.
혹시 시각디자인 쪽은
많이 어려운가요?

한가한 소리 하지 말고,
이 시점에 과가
무슨 의미가 있니.

이 점수로
시각디자인과는 힘들어.
재수하고 싶어?

일단 호미대에 합격만 하면
전과를 해도 되고,

듣고 싶은 수업이 있으면
조용히 문 열고 들어가
청강을 해도 되고…

고등학교랑 달라.
대학교는 그렇게 딱딱하지 않다고.

괜히 떨어지고 나서
후회하지 말고
선생님이 시키는 대로 해.

그리고 이제 학교 나올 필요
없어. 아침에 화실로 바로 가.

네…

그래…
일단 합격만 하면…
하고 생각했다.

다른 그림을 그려보려고 여러 번 애썼지만,

그때마다 손에 익숙해진
입시 미술의 패턴이 튀어나와 곤혹스러웠다.

에…
이게 아닌데…

완전히
몸에 밴 건가…

후읍!

하긴, 매일 출근해서 하는 일이니
당연한 건지도 몰랐다.

벌써 수업 시간!

차라리 학원 강사를 직업으로 삼으면 어떨까
하는 생각이 자리를 잡을 무렵…

뭐 하니?
수업 시작한다.

선생님!!!

큰일났어요!
망했어요.

미대 입시

호미대 미술 대학
입시 전형 전면교체
최종목표는 실기완전폐지

표현과 발상은
기초제도 마찬가지여
실패할 것으로 판단,
기초적인 데생이나
구성을 평가하는
전형 수제하도록…

송 선생한테는 미안하지만
우선 애들이 불안해하니까…
학원 옮기겠다는 애들도 나오고…
수채화 전문 강사를
쓰기로 했어.

다른 학원은 아직
지켜보는 추세니까,
송 선생 다른 자리는
내가 한번 알아볼게.

네…
부탁드릴게요.

그동안
고생했는데,
미안해.

누군가를 진심으로 알고 싶다면,
그 사람의 시선에서
세상이 어떤 모습인지 봐둘 필요가
있는 것 같아요.

30

누군가를 진심으로 알고 싶다면

경영 부서에 입사한 미대 출신의 사원이
창의력을 무기로 뛰어난 성과를
내고 있다는 기사를 봤다.

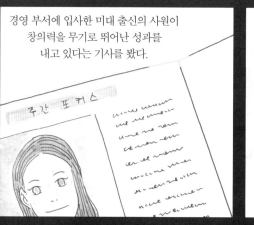

주간 포커스

이런 이유 때문인지
그해 일반 채용 공고에는
미대 출신 우대라는 항목도 볼 수 있었다.

채 용 공 고

ㅇ 모집일정
ㅇ 자격요건 : 4년제 대졸
ㅇ 경력 : 신입
ㅇ 우대사항 : 미대출신우대
ㅇ 전형절차
　서유심사 〉 1차면접 〉2차·
ㅇ 합격자 발표

3학년이 되었고,
광고홍보학을 부전공으로 선택했다.

외국에서 영어를 배운 친구들과는
도저히 경쟁이 될 것 같지 않아
외국어는 일본어를 선택했다.

꿈이라든가, 하고 싶은 일이라든가,

국내 마케팅
성공사례 분석

인터넷 명고

그런 막연한 것보다

무슨 소리야,
대체…

그리고 10년이 지났다.
떠올려보면 바로 어제처럼 생생하지만
많은 시간이 지났고, 또 많은 일이 있었다.

어쩌면… 지금 나를 불안하게 만드는 일의 시작인 그때가
당시에는 내 모든 열정을 바친 시간이었고,

가장 두근거리고 설레던 순간이었을 것이다.

다시 돌아간다고 해도,
분명 난 같은 선택을 하겠지.

바뀐 것은 없다.
난 여전히 위태롭게 균형을 잡고 있으며,

내가 할 수 있는 건
이렇게 뒤를 돌아보거나,
혹은 아무것도 하지 않거나…

알 수 없는 미래를 향해 계속 앞으로 나아가는 것뿐이다.

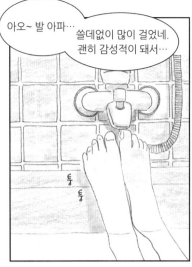

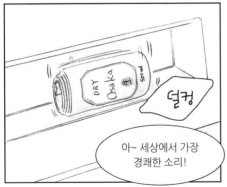

덜컹

아~ 세상에서 가장
경쾌한 소리!

선배?

정말이네.

설마 저 도와주러
오신 건가요?

아… 우진… 씨.
네, 어제 연락받고…

되게 반갑네.

오, 맥주!

저도!

제가 살게요!

덜컹!

치익

DRY

155

꿀꺽

꿀꺽

크으~

캬아~

우리 꼭
맥주 마시러
온 거 같네요.

그러게요.

언제 왔어요?

아까 낮에 왔어요.

그럼 연락하지
그랬어요.
하루 종일
심심했는데.

연말인데,
약속이라도
있으면 방해될까 봐
메일만 보냈어요.

약속은요…
이곳에 아는 사람도
없는데.

짐 자무시 영화 중에
이런 대사가 나오는 게
있어요.

"이렇게 멀리까지 왔는데,
왜 달라진 게 아무것도 없지?"

뭐, 대충 그런 느낌의 하루였어요.
하하.

식사는 했어요?

아뇨! 아, 혹시 식사 전이면
같이 할래요?
제가 돌아오는 길에
진짜 근사한 레스토랑을
발견했거든요!

좋아요.
그 근사한 레스토랑,
쏘시는 건가요?

그럼요! 선배가
맥주를 샀잖아요.

치이이이~

치이~

여기 정말
근사한데요?

그렇죠?

파가 달아~

하하,
울지 마요.

그럼 낮에는 뭐 했어요?
점심은 혼자 먹었어요?

좀 걸었어요.
대학교 때 교환학생으로
왔었거든요.

점심은 개업한 지
70년 가까이 된 학교 식당에서
'오야코동'을 먹었죠.

오야코동?
재미있는
어감이네요.

덮밥 종류 같은데…

닭고기랑 계란 덮밥인데
'오야는 부모, '코'는 자식이니까,
우리말로는 '부모 자식 덮밥'?

후후후

주문할 때마다 생각
날 것 같은데요?

작명
센스가…

우진 씨는 뭐 했어요?
어디 다녀왔어요?

저도 좀 걸었어요.

신주쿠 시내 구경을
하다가
공원도 좀 둘러봤어요.

점심은 라면과 만두를 먹었죠.

아! 야끼교자!

내일 제가 만두 사드릴게요.

귀여워... 케케

미안해요. 제가 오늘 이상하게 신이 나서…

주책이죠?

방심했다...

아뇨, 좋아요.

선배는 그런 모습이 자연스러워요.

네가 날 자연스럽게 만들어.

우진 씨도 지금 모습이 더 자연스러워요.

아마… 선배 때문이겠죠.

아… 너무 많이 먹었네요.

그럼 소화도 시킬 겸 좀 걸을까요?

도쿄 도청이라면
걸어서 갈 수 있어요.

마침 눈도 내리고
멋지겠네요.

그런데 도청은
벌써 닫지 않았을까요?
아니면…
주변에 뭔가 있나요?

네, 아주 근사한 게 있죠.

기대되는데요?

하긴… 전 남산도
안 올라가봤어요.

北 展望室
North Observatory
북쪽 전망대

아, 전망대가 있구나!

저도 처음이랍니다.

하하, 저도 에펠탑에
올라가본 적 없네요.

北 展望室
エレベーター
North Observatory

45
↑

하하, 왜 그럴까요?
제 주변에 서울 살면서
63빌딩 안 가본 사람
엄청 많아요.

하긴, 뭐…
서울 산다고
63빌딩에 가봐야 하는 건
아니니까요.

역시 잘 안다고
생각해서일까요?

그럴 수도 있겠네요.
늘 눈앞에 있으니까…

45

굳이 거기 올라가서
보지 않아도…

↑ 35

잘 안다고 생각할 수 있죠.

그러고 보면 인간관계도
비슷한 것 같지 않아요?

인간관계까지 발전하나요?

오랫동안
매일 마주한 사람이 있다면,
분명 그 사람에 대해
잘 안다고 생각하겠죠.

아마 그렇겠죠.
자신 있게 '그는 이런 사람이야'
하고 말하겠죠.

그 사람의 입장에서는
생각해본 적 없이.

하지만 누군가를 진심으로 알고 싶다면,

그 사람의 시선에서
세상이 어떤 모습인지 봐둘 필요가
있는 것 같아요.

163

"당신의 미래를 기대한다."

31

진심으로 진심으로

문득 그의 세상이 궁금해졌다.

여행이 필요할 것 같죠?
인간관계에도.

긴 여행이 필요하겠는데요?

네, 선배 같은 경우에는
아주 긴 여행이 필요하겠죠?

당연히 우진 씨는 저보다
길고 길고 기인~ 여행.

아뇨, 선배가 더 길고 길고
길고 기인~ 여행.

우진 씨는 그것보다 길고
길고 길고 기인~ 여행.

섭배는 그것보다 길고
길고 길고 길고 기인~ 여행.

선배보고 섭배라니!

아, 전부터 궁금한 게 있는데,

고등학교 때,
왜 갑자기 파리로
돌아갔어요?

그야 물론 선배 때문이지요.

네?
왜요?

하하,
농담이에요.

쿡쿡

선배를
놀려먹으면
못 써요.

하하,
놀려먹다니요.

그때…
부모님이 이혼했는데
엄마가 파리에서 함께 살자고
했어요.

전 한국에서 혼자
지내고 있었거든요.

아빠… 엄마랑
이혼하기로
했다.

아빠도 엄마도
최선을 다했지만
이렇게 됐구나.

너에겐 미안하다.

언젠가는 헤어질 거라
생각하고 있었지만
막상 그렇게 되고 나니
실망했었나 봐요.

169

세상에
완벽한 선택은 없으니까.

어떤 선택을 해도
결국 후회하게 된다니,

너무 잔인한데요?

맞아요,
너무 잔인해요.

그래도
괜찮아요.

적어도 그건
내가 선택한 거니까.

가끔은 무심코 한 말을 통해
잊고 있었던 나를 발견하게 된다.

차라리 잔인해서
다행이랄까요?

네?
잔인한 인생이라
다행?

네, 다행이에요.

170

뭐랄까,
만약 미적지근했다면?
아무래도 후회 없는
인생이라면

지나간 기억 따위는
돌아보지 않을 테고,

그럼 조금도 성장하지
않을 것 같아요.

아프더라도 후회하더라도
과거를 기억하는 건
역시 성장하라는 명령인가요?

좀 살살하라고
하고 싶은데…

너무 아프면
반항하게 되니까.

엄살은…

정말 다행인 건,
선배가 괜찮아 보여서예요.
행사 때, 좀 걱정했거든요.

아, 앞으로 넘어진 건…

에잇! 분위기 딱 좋았는데!

그걸 못 살리고!

수… 숨이…

컥

완벽하게 회복했네요!

그러니까… 조금은 성장했다니까요.

역시 선배는 멋져요.

내일은 뭐 해요? 약속 있어요?

아뇨, 약속은 없고… 원래는 가까운 온천이나 갈까 했어요.

아! 온천. 저도 데려가요.

아, 그럴래요? 하코네라면, 당일치기로 다녀올 수 있어요.

172

내 건 내가 다 먹고
우진 씨 것도 내가
다 먹으면 안 될까요?

후릅릅
통통킁~

그… 그런…

전 굶나요?

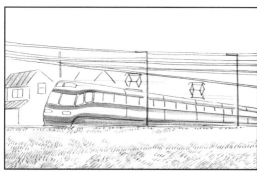

찰칵

웃기게 나왔죠?

엄청.

그런데 우진 씨는
왜 영화 미술에
관심을 가지게 됐어요?

이야기하자면,
길고 지루한
여행이 될 텐데요.

길고 지루한 이야기가
여행을 윤기 있게 한다는
말도 못 들어봤어요?

어디에선가 들은 것 같은데,
좀 바뀐 것 같기도 하고…

파리로 돌아갔을 땐
많은 것들이 어긋나 있었어요.

계속 안 좋은 쪽으로
생각이 흘러갔고,

더 이상 무언가를
잘해보고 싶다는
의지 같은 것도 없었죠.

학교에서도 문제를 일으켜
시골 캠프 같은 데
들어가게 됐는데,

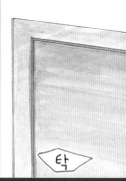

J'espère en
votre avenir

"당신의 미래를 기대한다."

탁

그날 양 선생님과의 우연한 만남이
저를 서울로 다시 돌아오게 만든 거죠.

우리가 서로에 대해 알고 있다는
그 아무것도 아닌 사실이
그 순간 우리를 춤추게 했다.

32

대화의 성

우연…

우연은 필연을 끌어안고 있다.

기억해요?

그럼요.
우리가 미술실에서
우연히 다시 만난 날
우진 씨가
한 말이잖아요.
누군가 우연히 만날 때마다
그 말이 떠오르더라고요.

그때는 별생각 없이
한 말이었는데,
시간이 갈수록 정말 그렇다는
생각이 들어요.

감사합니다.

하아   하아

회사에서 선배를
다시 만났을 때도 그랬고…

연결돼 있다는 느낌이 들었어요,
선배와는.

195

여기서 산악 열차로 갈아타요.

相根 登山電車
Hakone Tozan Railway

산 밑이라 그런가...
공기가 으슬으슬하네요?

아, 괜찮으면
이거 해요.

스토커가
쓰던 거라도
괜찮다면.

아, 고마워요.

아,
이거 분리되는
거네요!

봐요.

스토커
머플러치고
좋은데요?

따뜻해요.

다행이네요.

196

영화 현장은 어땠어요? 힘들지는 않았어요?

회사와는 다르게 뭔가 활기 있고 낭만적인 곳일 것 같아요.

낭만···적인 곳이죠. 물론.

또 무시무시한 곳이기도 하고, 아주 이상한 곳이기도 하고요.

그래요? 좀 더 얘기해줘요.

특이하달까, 아무튼 이상하면서도 재미있는 사람들이 아주 많아요.

이상하다면··· 우진 씨 같은?

꼭 저 같을 필요는 없잖아요?

197

이게
겁도 없이!!!

꽈
악

싸울 거면
빨리 덤벼라.
오늘 밤은 누구 때문에
바쁘다.

대체 혼자 뭘 훔쳐 먹고
체한 거냐!

부ㄹㄹ~

빵 빵

야, 밥차 왔다.
먹고 싸워라.

네~

국수지?

뭐?!

들었지? 운 좋은 줄
알아라.
늦게 가면 김치 없다.

난 김치 안 먹거든?!

한국 사람이 어떻게
김치를 안 먹냐?

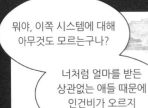

뭐야, 이쪽 시스템에 대해 아무것도 모르는구나?

너처럼 얼마를 받든 상관없는 애들 때문에 인건비가 오르지 않는 거야.

넌 이 일 시작한 지 얼마나 됐어?

고등학교 졸업하고 쭉~

현장에서 배우면 금방 카메라 감독이 되는 줄 알았지 뭐야. 실상은 몇 년째 짐꾼이야. 카메라 짐꾼.

꿈이 현실을 만나 생활이 됐을 때를 대비해야 해.

학교에서는 그런 거 안 가르쳐주거든. 꿈을 가져라, 이상을 품어라, 맨날 구호뿐이지.

너도 여기 오래 있고 싶으면 명심해.

사람이 배가 고파지면 제일 먼저 꿈을 팔거든.

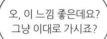오, 이 느낌 좋은데요?
그냥 이대로 가시죠?

그렇지?
나뭇잎은 너무 무성하니까
좀 떼는 게 좋겠네.

나뭇잎 좀 떼고
한 시간 뒤에 촬영 들어갑니다!

엄청 아름다운 밤이네.
망할…

어머, 그럼 하루 종일 붙인
나뭇잎을 다시 떼고
촬영한 거예요?

네,
다시 겨울로.

하하, 그런 곳에서
용케 버텼네요?

그런 곳이라서
버텼는지도 모르죠.

여기서 케이블카로 갈아타나 봐요.

탈칵 탈칵 탈칵

미잉~ 미잉~

와, 화산이에요!

위~ 잉

꿀꺽

우진 씨 안색이 안 좋아졌어요.

제가 높고 흔들리는 거에 좀 약해서… 에펠탑에 안 간 것도… 사실 못 올라간…

어머?

지금 일부러 흔들었죠?!

또!

바람이에요, 바람~

우와, 연기!!!

아, 저거 유명한 거예요.
한 개 먹으면 7년 젊어진다는
검은 달걀!

촤악

봐요, 신기하죠?
검은색!!!

와아~
완전 신기해요!

와!

와!

맛이
어떤데요?

그냥 삶은 달걀
맛이에요!

우진 씨도
먹어봐요.

헤
헤

그다음에 어떻게 됐는지
얘기해줘요.

음...
2년 전에 크랭크인까지 된 영화가
갑자기 엎어지면서
계약금을 못 받게 됐어요.

그게 제법 규모가 큰
영화였어서,
미술 감독도 투자한 게
많아 문제가 커졌죠.

엎친 데 덮친 격으로
다음 작품을 하던 중
미술 감독이 과로로 쓰러지면서
사무실 문을 닫게 됐고…

좋아.
대신 대출 조건은
네가 일반 회사에
취직하는 걸로.

취업 시
연봉에 따라
상환 조건을
협의하기로 하자.

쓰러진 감독이 깨어날 때까지
누군가는 사무실을 정리해야 했어요.
밀린 업체 대금이라든가,
임금이라든가.

별수 없이 아버지에게
전화를 했죠.

찰칵

그렇게 해서,
이 회사에
들어오게 된 거죠.

뚜~
뚜~

그래도 좀 신기했어요.
그렇게 많은 회사 중에

어떻게 같은 회사,
같은 건물, 같은 층에서
마주칠 수 있는지.

얼마나
놀랐다고요!

아…
사실 저는 선배가
있을지도 모르겠다고
예상했어요.

네? 어떻게요?

왜 날 걱정해주고,

왜 내게 도움을 주려 애쓰는 걸까.

잘 모르겠지만…

하지만
만약 가능하다면,

아니 할 수만 있다면,
나도…
그런 사람이 되고 싶다.

나도, 누군가에게
그런 사람이 되고 싶다.

이제 제 이야기는 끝났으니까, 다음은 선배…

자! 이제 해적선 타러 가요!

아직도 탈 게 남았나요?

그런데 온천은 언제…

아~! 우리 온천 하러 왔죠?

이걸 타야 온천에 갈 수 있어요.

도무지 믿을 수가 없군요.

제가 높고 흔들리는 거 무서워한다는 말… 했던가요?

출발!

울렁

울렁

전 다행히 그림에 소질이 없다는
사실을 금방 깨달았어요.

대한민국에서 그림을 그려
먹고살 자신이 없었달까.

뭐… 대단히 만족스러운
회사 생활은 아니지만,

그렇다고 끔찍하게
싫은 것도 아니고…

어쨌든 살아야 하니까.

……

지금 이런 생활을 하고 있으니 불평이라도 하는 거지,

하얗게 불태우겠어!

나의 예술혼!

그림이 안 팔려 월세도 못 내고 배고프면 분명 이 자리가 부러웠을 테죠.

전 선배 그림 좋아하는데요?

네? 하하… 설마.

정작 본인은 자신이 어떤 그림을 그릴 수 있는지도 모르는데요?

왈츠네요.

왈츠… 출 수 있어요?

왈츠요?

고등학교 때였나?
배우기는 했는데…
너무 오래돼서…

아, 배웠어요?
잘됐네요!

그럼 우리 같이 춤춰요.

쉘 위 댄스?

여기서요?!!!
아니, 보는 사람도
많고…

다… 다 잊어버렸어요.
농담이죠?

어질

어질

어때요.
아는 사람도 없고,

작게 추면 돼요.

아아…

여행이었기 때문일까?

날 아는 사람은 아무도 없다는 우진의 말이
내 마음을 부추긴 건지도 모른다.

봐요, 기억나죠?

잊어버린 것 같지만 몸으로 배운 건 금방 다시 생각나거든요.

아마 그림도⋯ 선배 손은 다 기억하고 있을 거예요.

요즘 젊은 사람들은 참 멋지죠?

좋겠다.

어머?

도쿄에서 그를 만나 호텔 복도에
나란히 서서 맥주를 마시고,

밤거리를 함께 걷고,
또 우진의 이야기를 듣고,

우진은 나의 이야기를 들어주었다.

우리가 만든 문장들은
하나의 선으로 연결되어
그와 나를 에워싼다.

반짝이는 어휘들은 다리가 된다.

어느새 숨소리가 들릴 만큼 가까워져,
두근거리는 심장 소리가 손끝에 전해지지는 않을까
부끄러우면서도

우리가 서로에 대해 알고 있다는
그 아무것도 아닌 사실이
그 순간 우리를 춤추게 했다.

그동안 억울하게 빼앗긴 우리의 시간을 돌려받는 데 필요한 건,

이렇게…

이야기를 나누는 시간만일지도 모른다.

33

아직 좋아한다고

계속 실례되는 질문입니다만…
혹시 오늘 밤, 하코네에서
보낼 계획이신가요?

예약한 곳이 있으신지요?

아뇨. 저희는 잠시 온천을 한 뒤,
밤에 다시 도쿄로 돌아갈 계획인데요.

사실은 저희 부부가 여기서
작은 온천 여관을 운영하고 있습니다.
괜찮으시다면 저희와
함께 가시지 않겠습니까?

오홍?

오홍홍?

계속 실례입니다만,
도쿄에는 어떤 일로 오셨나요?

아, 출장입니다.
같은 회사에 다니고 있어요.

아… 두 분이 너무 잘 어울려서
분명 연인이라고 생각했습니다.

아… 아닙니다.

225

아흑!

너무 좋아!

!

눈이 오네. 우진이가 눈 이야기를 해서 그런가?

그게 왜 저 때문인가요?

뒤에 있어요?!

꺅!

하루가 엄청 길게 느껴져요. 원래 하루라는 시간이 이렇게 긴 건가 싶을 정도로.

같은 일을 반복할수록 시간은 짧게 느껴진대요. 하루와 일주일, 한 달의 차이가 없어지는 거죠.

여행이 필요하겠네요.

그런데 평소와 다른 일을 하면 상대적으로
시간이 길게 느껴지는 거죠.

우리가 가진 시간을
잃어버리지 않으려면.

그것도 좋지만,

그저…
대화가 필요한지도?

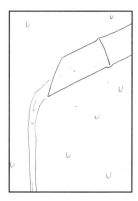

그래, 우리의 문장이 시간을 포위할 것이다.

단어와 단어는 샐 틈 없는 벽을 쌓아
우리만의 견고한 성을 만들고,

시간은 꼼짝없이 대화의 성에 갇힌다.

그래… 어쩌면 우리에게 필요한 건,

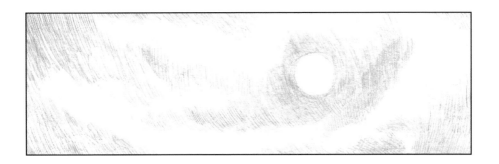

그동안 억울하게 빼앗긴 우리의 시간을 돌려받는 데 필요한 건,

이렇게…
이야기를 나누는 시간만일지도 모른다.

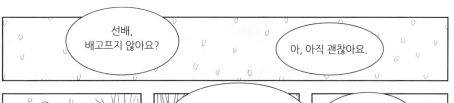

선배, 배고프지 않아요?

아, 아직 괜찮아요.

꼬 르 르 르 르

거짓말!

우리… 아침에 도시락 먹고 삶은 달걀 먹은 게 전부예요.

그래서 준비했습니다.

그… 그럼 염치 불고하고 잘 먹겠습니다.

감사합니다.

스시 스시 스시 스시 스시 스시

맛있다! 맛있어!

왜 먹기만 하면 울어요?

식사 중에 죄송합니다만 혹시 두 분… 오늘 꼭 돌아가셔야 하는지요?

내일 중요한 미팅이 있어서요. 왜 그러시죠?

폭설주의보입니다.
확인해보니 이미 도쿄행 열차 출발이
지연되고 있다고 하네요.

출발하더라도 자칫하면
중간에 몇 시간이고 정차할 수도 있습니다.
차라리 오늘은 여기서 묵으시고
내일 일찍 출발하는 게 어떠실지요.

아… 그게…

어쩌죠?

그럼 실례를 무릅쓰고
신세를 지겠습니다.
대신 숙박비는 계산하게 해주세요.

日本語で話してください。
(일본어로 말해주세요.)

왜 그랬어요~

도쿄행 아침 첫차는
여섯 시부터 있습니다.

그럼 아무쪼록
편안히…

탁

……

방 좋은데요?

저쪽은 많이
추울 것 같은데…

추울 것 같으니까
제가 창가를 쓸게요.

그럼 먼저 옷 갈아입으세요.
전 한 바퀴 돌고 올게요.

아, 네.

어머…
이불도
깔아두셨구나!

그렇다고 창가에서 자라고 할 수도 없고…

이… 정도면 되겠지?

스윽

되긴 뭐가 돼!!!

결국 옆에서 자는 거잖아!

생각해보니 갈아입을 옷도 없잖아! 바보!!!

쿵

으흥?

선택의 여지가 없네. 유카타라도 있어서 다행인가. 목욕 가운보단 낫겠지!

여기 있었어요?

이상하죠?

갈아입을 옷이 없어서
걱정했는데 그래도 다행.

춥지 않아요?

잘
어울리는데요?

나오면서 잠깐 뉴스를 봤는데
도쿄 쪽에 눈이 많이 오나 봐요.
사장님 말 듣기를 잘한 것 같아요.

다행이라고 해야
할지…

전 혹시라도 정말 열차가
중간에 서버리기라도 하면
선배가 힘들 것 같아서
제멋대로 정한 게 좀 걸렸어요.

한방 쓰는 것도 그렇고…
불편하지 않겠어요?

아, 괜찮아요.
설마 우진 씨가 절
덮치기라도 하겠어요? 내가 그렇게
매력적인 것도 아니고. 하하.

밤새도록 열차에 갇혀 있는
것보다 나아요.

선배는 충분히 매력적!
그리고 제가 아무 짓도 안 할 거라고
어떻게 확신하죠?

덮…
덮칠 건가요?

전 자제력이 약해서
병원에도 다녔고,
지금도 심할 때는 약 먹어요.
불면증도 심해서 제가 먼저 잠드는 건
기대하지 않는 게
좋을 거예요.

어때요. 이제 좀
실감이 나요?

탁

장해요.

네?

아까… 말 못 했는데
우진 씨 지난 이야기를 듣고 이 말을
하고 싶었어요.
장하다, 대견하다… 그런 말.

견디기 힘든 일도 많았는데…
참고, 멈추지 않고, 여기까지 오느라
수고했다고…

물론 아직 끝은 아니지만,
어쩌면 이제 시작이겠지만,
그래도… 격려랄까?

합격자 발표가 나고
미술실에 다시 갔을 때,

…네가 있었으면 하고
바랐던 것 같아.

없는 게 당연한데,

그래도 실망했지.

얼마나 이기적인 마음이었는지,
넌 날 항상 기다려줄 것만 같았거든.

내가 언제 널 찾든지…

해나 선배에게

그리고 한동안 기다렸어.
난 네가 파리로 떠난 줄도 몰랐거든.

그래서 시간이 날 때마다
미술실에 찾아갔어.
아마 미안해서 그랬을 거야.

사과하고 싶었어.
아니 변명하고 싶었겠지.

화를 내서 미안해?

만나면 뭐라고 하지?

하지만 난 널 만나며 성적을 올릴
자신이 없었어.

그냥 솔직하게 말할까?

만나면 할 말이
아주 많아…

만날 수만 있다면…

그 후에도 가끔 학교에 들렀지만
소용없었어.

시간은 계속 흘렀고…

처음에는 아주 많이 생각했는데,
바빠서인지 조금씩 널 생각하는
간격이 커지기 시작했어.

새로운 사람도 만났어.
그리고 잊었다고 생각했어.

그럼, 칭찬이지.

상은 없나요?

미안, 급히 오느라 못 챙겼네?
이것 봐, 옷도…

빼쨋! 빼쨋!

상은 이걸로 충분할 것 같아요.

잘 지내고 있을까,

어디쯤 있을까,
뭘 하고 있을까,

내가 보고 싶어 하는 걸 알까,

이 바람이 선배에게도 불까,
연이라도 되고 싶다…

언젠가…

언젠가 만날 수 있지 않을까.

혹시라도,
우연이라도, 만날 수 있다면

부끄럽지 않게
말하고 싶다.

아직 좋아한다고.

아직 생각하고 있다고,

선배…

우…

우위칫!

들어가요.

역시 갑자기 말 놓으니까 이상하네.
너도 괜찮으면 말 편하게…

응, 좋아.

역시 결정이 빠르구나!
망설임이 없어!

느리게 걷고 싶다.
답답할 정도로 천천히,
아주 아주 아주 천천히…

34

우린 또 이야기를 나누었다

낮설다니?

너 웃는 얼굴 보면, 같은 사람인가 싶어. 회사에서는 굉장히 전투적이랄까.

전투적?

쉽게 다가가기 힘들다고 할까… 살짝 무서울 때도 있고.

아… 그게 일할 때는 나도 모르게…

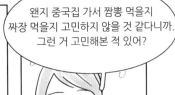

왠지 중국집 가서 짬뽕 먹을지 짜장 먹을지 고민하지 않을 것 같다니까. 그런 거 고민해본 적 있어?

난 볶음밥 좋아하는데?

역시 특이해.

선배는 뭐 좋아하는데?

울면!

하하, 울면은 뭐야?
정말 그런 게 있어?

뭐? 울면을 몰라?
한국 가면 울면부터
사줘야겠네!

선배란 말은 괜찮아?
회사에서는 송 대리님이라고
불러야겠지만.

이름도 좋아.

해나 씨?

특별한 이야기는 아니었다.

내리는 눈 소리가 더 크게 들릴 만큼
조용한 이야기였다.

밤이 깊도록 눈이 내렸다.

그리고 기억도 없이 잠이 들었다.

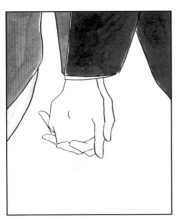

일어났어?

응...

난 복도에 있는 화장실 쓸게. 첫차 타려면 바로 나가야 할 것 같아.

아. 고마워. 세수만 하고 나갈게.

로비에서 기다릴게.

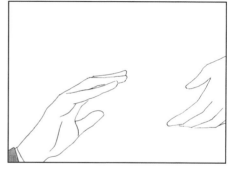

탁

쿵쾅 쿵쾅

크… 큰일이다!

주책없이 심장이…!!!

쿵쾅 쿵쾅

다행히 눈은 그쳤다.

아침의 햇살은
어린아이의 눈빛처럼 반짝였고,
공기는 차갑고 신선했다.

전철을 타러 가는 길에
눈 속에 핀 꽃을 발견했다.

플랫폼에 들어섰을 때, 마침
도쿄행 전철이 들어오고 있었다.

그렇게 선명한 색은 처음이었다.
행운이 있을 것 같았다.

도쿄로 올라가는 기차 안에서
우리는 또 잠이 들었다.

오랜만의 깊은 잠이었다.
깨어났을 때는 마치 긴 여행을 마치고
돌아온 기분이었다.

업체와의 미팅은 순조롭게 진행되었다.

그의 말을 통역하며 처음으로
통역의 즐거움을 느꼈다.

미팅을 마치고 나와 가까운 식당에서
점심을 먹었다.

밥을 먹은 후에
소프트아이스크림을 먹었다.

세상에서 가장 큰 비밀을
털어놓았음에도,

무엇 하나 달라지지 않은 것이
신기하게만 느껴졌다.

솔직히 조금 불안했다.
그는 앞으로도 이렇게…
시간이 지나도,

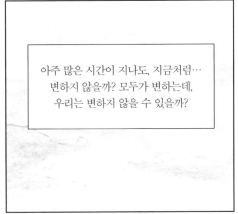

아주 많은 시간이 지나도, 지금처럼…
변하지 않을까? 모두가 변하는데,
우리는 변하지 않을 수 있을까?

그럴 수 있을까?

이것도 먹어볼래?

멍~

으
응.

자…

응?

펵

일부러 그랬지?

웃겨?!

웃음이
나와?!

응?!

웃겨…

선배도
웃잖아.
하하…

사진 찍어두자!

259

그… 1번, 왠지 불안한데?

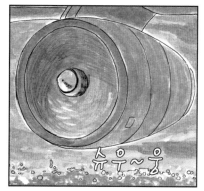

슈우~우

이륙할 때 왜 창문 셔터를 올리라고 하는지 알아?

아니, 왜 그러는 건데?

항공사고 대부분이 이착륙 시에 일어난대.

사고가 났을 때, 승무원이 외부 상황을 빨리 파악하기 위해 올려두라고 하는 거지.

엔진에 불이 붙지는 않았는지, 고양이가 올라타지는 않았는지.

냥!

고양이?

예를 들면 말이지.

그렇게 중요한 건 역시 이유를 말해주는 게 좋지 않을까?

그래야 사람들도 창밖을 잘 관찰하지.

승무원이 말 안 해줘서 화났어?

살짝?

저기요. 이분이 지금 몹시 화가 났는데…

하지 마!

그래도 역시 말해줬으면 좋겠어. 셔터를 올리라고만 하지 말고…

모든 것이 작은 전구처럼
부드럽게 반짝이는 시간이었다.

35

어떤 다짐

대체
이게…

권애리! 너 자꾸
멋대로 들어오지 말라고
경고했을 텐데.

비밀번호를 바꿨어야지.

바꿨어!

그래?
전에 비밀번호가
뭐였지? 2121 누르니까
열리던데.

지금 나보고
그걸 믿으라고?

우연히 2121을 눌렀는데
문이 열리더라?

알았으니까,
여기 좀 앉아봐.
할 말이 있어.

에헤헤~
우연히 열다섯 번 정도
눌러봤지.

너 가고 나면 앉을게.
아주 편안히.

너희 엄마 일이야.

집에서 전화가 왔어.
너희 엄마 지금
병원에 계시대.

자살하려고 하셨대.

아직 의식이 없으신가 봐.
전화로 이런 말하기 그래서…

기다렸어.

탁

괜찮아?

앉으라니까.

미안,
이런 이야기를
전해서.

아냐,
내가 미안하지.
이런 이야기를
전하게 해서…

혼자 있어도 괜찮겠어?

좀 같이 있어줄까?

괜찮아.

미안한데…
이제 정말 가줄래?

혼자 있고 싶은데.

일단 나가라고.
알아서 한다잖아.

손 치워라~

지금 갈 거면
같이 가줄게.
너밖에 없잖아,
너네 엄마.

쓱쓱

이 시간에 가라고?
이 오밤중에?!?!

꽈악

아아!!!

바로 옆집이잖아!
이사 온 거
다 알거든?

고집부리지 말고
빨리 비행기부터
알아보시지?

꽈악

나가!!!

쑝

쾅!

빵~ 빵~

야! 타!

조용히 해! 지금이 몇 시인지 알아?!

빵! 빵!

자, 출발합니다. 부릉부릉~ 부르릉~

의도는 알겠는데, 적당히 하고 출발하면 안 될까?

의도를 알아주니 고맙네. 그럼, 출발.

엄마는,

가족은, 나의 자랑이었다.

우진이네 엄마 진짜 예쁘더라.
완전 미스코리아!!!

전에 놀러 갔을 때 해주신
카레라이스도 진짜 맛있더라.
진짜 부럽다.

진짜 미스코리아야?

하지만 그곳에서 아름다운 건 오직 이국적인 풍경뿐이었다.

쿠르릉~

틱

붕

절 떡!

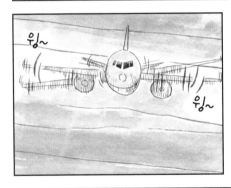

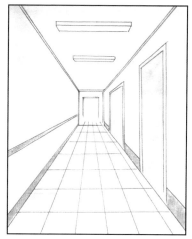

난 엄마가 자살을 시도했다는 사실보다,

잔뜩 망가진, 그리고 어느새 나이가 든
엄마의 얼굴을 보고 마음이 무너졌다.

화내지 마.
너 때문이잖아.

지금은 너 때문에
마시는 거니까,
너무 그러지 마.

너만 아니었으면
나도 이런 인생은
아니었을 거야.

취해서 한 말이었을 것이다.

그리고… 그래서
아마도 진심이었을 것이다.

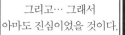

난 상처를 받았지만 나 때문에
인생을 망쳤다는 사람에게
불평할 수는 없었다.

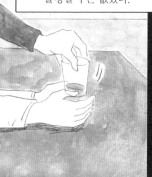

"그래도 사랑해."
어쩌면 그 말이 나를,
우리를, 이 세계에서 살게 하는
유일한 주문일 테니까.

36

그래도 사랑해

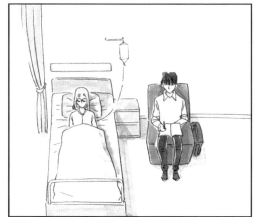

해나 씨.

어디야?
외국이야?

응, 지금 파리.

파리?
언제 간 거야?

무슨 일 있는 거야?

아니, 별일 아냐.
어젯밤에 도착했어.

아직 언제 돌아갈 수 있을지는
모르겠어.
미안, 말도 못 하고 와서.

그렇구나…
좋겠네, 파리라니.

시끄럽네…

사실 난 여기를 별로
좋아하지 않아.

아, 미안.
이제 끊어야 할 것 같아.

내가 나중에 다시 걸게.

스윽

일어났네.

299

......

딸각

가려고?

일을 해서
먹고살고 있으니까.

하지만 당장은 아냐.

일단 의사에게
엄마가 일어났다고 말해야지.
게다가 누구 덕분에
하루 종일 굶었거든.

나가서 뭐 좀 먹고 올게.

미안해,
일하는 거 방해해서…

괜찮아,
방해해도.

?

아니,
될 수 있으면 계속 그렇게
방해해줬으면 좋겠어.

......

그래도 사랑해.

!

그래도,
그래도, 사랑하니까.

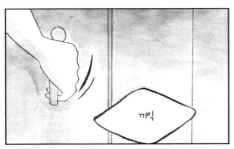

하지만 만약 영원이 없다면,
영원의 마지막 하루 전까지
그렇게 말하고 싶다.

다짐이라고 해도 좋다.
"그래도 사랑해."

어쩌면 그 말이 나를,
우리를, 이 세계에서 살게 하는
유일한 주문일 테니까.

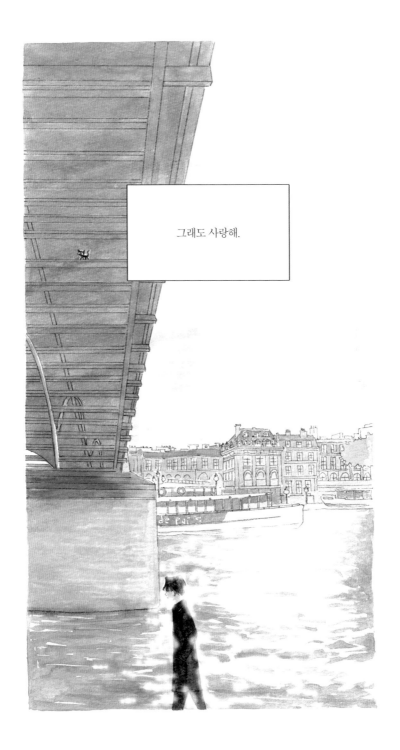

그래도 사랑해.

말도 없이
갑자기 파리라니…
어제도 연락이 없고…

파리에 간 거면…
역시 가족 문제인가?

물어볼 걸 그랬나…
너무 참견하는 건가?

하지만,
당장은 시간이 좀 필요해.
정리할 마음이 있어…

생각해보니 그 후에
확실한 대답을 준 것도
아니고…

당장은 이렇게 자연스러운 것도
좋기는 한데…

역시 애매한 구석도 있고…

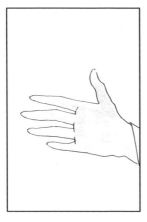

이제부터 어디 갈 때는 말해줘야 해.

이건 '정식 펀치'니까.

내가 소심해서 아직 핵펀치는 아니지만.

그 핵펀치를 맞으려면, 전화 없이 아프리카나 남극에 가면 되는 건가?

왠지 시험해보고 싶잖아.

다음에는 같이 가자.
우진은 그렇게 말했다.

파리도,
아프리카도, 남극도…

다음에는 같이 가자.

《진눈깨비 소년》4권으로 이어집니다.

진눈깨비 소년 3

초판 1쇄 인쇄 2017년 9월 20일   초판 1쇄 발행 2017년 9월 30일

지은이 쥬드 프라이데이
펴낸이 연준혁

출판 1본부 이사 김은주
출판 7분사 분사장 최유연
편집 이소중
디자인 김준영

펴낸곳 (주)위즈덤하우스 미디어그룹   출판등록 2000년 5월 23일 제13-1071호
주소 경기도 고양시 일산동구 정발산로 43-20 센트럴프라자 6층
전화 031)936-4000   팩스 031)903-3893   홈페이지 www.wisdomhouse.co.kr

ⓒ 쥬드 프라이데이, 2017

값 13,000원
ISBN 978-89-5913-554-7 07810 진눈깨비 소년 3
       978-89-5913-551-6 07810 진눈깨비 소년 1~3세트
       978-89-5913-550-9 07810 진눈깨비 소년 세트